피아니스트 김경민

피아노 연주

?

Cerebral Palsy Pianist
Kim Kyeong Min
LOVE and Reminiscences

BeautifulMind
CHARITY

첫 번째 피아노 솔로 앨범 <LOVE and Reminiscences>

나의 지지자 쌍둥이 형과 함께

?

첼리스트 배인환 교수님과 함께

2014년 남미 온두라스 현지방송국 실황연주 후 방송국 관계자들과 기념촬영

?

2014년 레바논 UN평화유지군 동명부대 성탄절 위문공연 때

节 目 单

Beautiful Mind Charity 钢琴家
金京昳 (大脑性麻痹音乐家) 介绍

- 大邱未来专科学校, 社会福利工作学士
- 美国基督教神学院, 学士
- Ephphatha手语课导师
- Ephphatha Sign Language Class 老师

2016년 중국독주회 팸플릿

?

누구 시리즈 ⑪

나눔 한류를 실천하는 피아니스트 김경민 — **누구 시리즈 11**
김경민 지음

초판1쇄 발행 2017년 12월 19일

지은이 김경민
펴낸이 방귀희
펴낸곳 도서출판 솟대
등 록 1991년 4월 29일
주 소 서울시 금천구 서부샛길 606, 대성지식산업센터 b동 2506-2호
전 화 02)861-8848
팩 스 02)861-8849
홈주소 www.emiji.net
이메일 klah1990@daum.net

제작·판매 연인M&B 02)455-3987

값 10,000원

ISBN 978-89-85863-70-4 03810

주최 사 한국장애예술인협회

후원 문화체육관광부   한국장애인문화예술원
Korea Disability Arts & Culture Center

국립중앙도서관 출판시도서목록(CIP)

이 도서의 국립중앙도서관 출판예정도서목록(CIP)은 서지정보유통지원시스템 홈페이지
(http://seoji.nl.go.kr)와 국가자료공동목록시스템(http://www.nl.go.kr/kolisnet)에서
이용하실 수 있습니다.

CIP제어번호 : CIP2017031047

11
누구 시리즈

나눔 한류를 실천하는 피아니스트 김경민

김경민 지음

세계 유일의 뇌성마비 피아니스트

도서출판
솟대

피아니스트가 아니었으면

"만약 피아니스트가 안 되었으면 무엇을 하셨을 것 같으세요?"

이런 질문을 종종 받는다. 나는 피아니스트 아닌 삶에 대해 상상해 본 적이 없다. 그래서 나는 '저는 역시 피아노와 함께 있었을 것입니다.'로 대답한다.

피아노 덕분에 세계 곳곳을 다니며 좋은 분들을 많이 만났다. 그 덕분에 영어학원에 가 본 적도 없고 어학연수를 한 적도 없는데 영어로 소통하는데 불편함이 없다.

나는 지금도 매일 5시간씩 피아노 연습을 한다. 연습을 하지 않으면 손가락이 굳기 때문이다. 왼손 검지손가락이 펴지지 않아서 피아노를 치는데 치명적인 악조건이다. 솔직히 말해 왼손은 힘이 약해서 오른손밖에 사용을 못한다. 운전도 오른손 하나로 한다.

오른손도 무거운 물건을 들으면 한동안 손을 쓸 수 없어서 목이 말라도 물컵을 들지 못해 갈증을 참아야 한다.

그래서 주위 분들이 장애 때문에 피아노를 칠 수 없다고 했지만 나는

할 수 있다고 생각했다. 나마저 장애 때문에 못한다고 물러서면 장애인
은 정말 아무것도 할 수 없게 되기 때문이다.

하여 나는 도전했고, 될 때까지 포기하지 않았다. 주어진 장애를 뛰어
넘어야 하는 것은 내 몫이다. 그렇게 하면서 깨달은 것은 긍정적으로 생
각하면 못할 것이 없다는 사실이었다.

피아니스트로서의 삶이 쉽지 않다. 피나는 연습, 무대 위에서의 긴장
무엇보다 안정적인 경제활동이 되지 않는 것이 어렵지만 나는 피아니스
트가 된 것이 자랑스럽다. 음악을 통해 많은 사람들과 교감할 수 있기
때문이다.

피아노 앞에 앉았을 때가 가장 행복하다.
나는 피아니스트로 살아야 한다.
어떤 피아니스트가 될 것인가?
앞으로 내가 풀어야 할 과제이다.

2017년 겨울
피아니스트 김경민

차례

무지가 만든 장애

...

지금부터 37년 전은 지금처럼 과학을 바탕으로 한 의학의 힘이 인간의 삶 곳곳을 살펴주는 환경이 아니었다. 결혼 전에 임신을 한 청춘 남녀는 마치 죄인이 된 마음으로 서둘러 결혼식을 올렸다. 배가 불러오고 10달이 되었을 때 비로소 병원에 갔다.

아기가 태어났다. 그런데 5분 후 또 아기 다리가 보였다. 산모는 물론 병원에서도 쌍둥이라는 것을 몰랐다. 당황한 의사는 서둘러 분만을 유도했다. 아기가 빨리 나오지 않으면 위험하다는 판단에 아기 위치를 돌릴 생각은 하지 않고 그저 아기를 꺼내는 데만 몰두하였다. 아기는 엉덩이부터 나오느라 사지가 구겨지다시피 해서 간신히 세상 밖으로 나왔다.

아기의 존재를 몰랐던 것이 아기에게 뇌성마비라는 올가미를 씌워 주었다. 온갖 고생을 하고 태어난 아기가 바로 김경민이다. 의사는 무심한 얼굴로 이 아이는 평생 누워서 지내야 한다는 혹독한 통보를 하였다.

그는 1981년 대전에서 쌍둥이로 태어났는데 그 시절 쌍둥이는 낯설고 신기한 존재였다. 쌍둥이는 얼만큼 닮았는가가 주요 관심사였다. 그런데 경민은 쌍둥이 형과는 사뭇 달랐다. 형이 목을 가눌 때 동생은 목이 축 늘어졌고, 형이 앉을 때 동생은 강보에 싸여 있었고, 형이 걸을 때 동생은 겨우 기대어 앉았다. 형이 온동네를 뛰어다닐 때 동생은 기어다녔다.

의사의 진단을 늘 마음속에 품고 있던 엄마는 경민이 느리게나마 형을 따라가는 모습을 보며 기적이라고 좋아했었다.

그래도 어린 시절은 형과 함께 모든 과정을 잘 통과했다. 엄마는 아들에게 장애가 있다고 밖에 못 나가게 하지 않았다. 형에게 동생을 데리고 나가라고 했다. 일단 밖에 나갈 때는 바퀴가 달린 아기용 말을 타고 멋있게 등장하지만 아이들과 놀이가 시작되면 걸음이 서툴러 땅바닥을 기어다니면서 어울려 놀았다. 뒤처진다고 아이들이 놀리면 형이 혼내 주었다.

그 당시 아이들은 같은 동네에서 태어나 함께 성장한 친구 이상의 공동체의식이랄까 서로 도와주는 끈끈한 정이 있어서 동네 아이들 모두 경민을 보살펴 주었다.

부모님은 만두가게를 하느라고 항상 바빴다. 그래서 김경민은 형과 함께 있는 시간이 많았다. 형이 보호자이자 친구였다. 이런 형과 다른 길을 가게 된 것은 학교 입학이었다.

형은 일반 학교로 김경민은 특수학교로 갔다. 대전에 있는 성세재활 학교에 가서야 그는 이 세상에 자기와 비슷한 사람들이 있다는 것을 알았다.

그리고 그들을 향해 장애인이라고 부르는데 장애인은 아무것도 할 수 없는 무능한 존재라는 생각을 하고 있다는 것을 그제야 알았다.

피아노와의 만남

...

경민은 중학교 때 고향인 대전에서 경기도 안산으로 이사를 했다. 거주지를 옮겨 낯선 곳에서 낯선 사람들과 살아야 한다는 것은 장애인에게는 매우 스트레스가 된다. 주위 사람들에게 자신의 장애를 이해시키는데 시간이 걸리고 그 과정에서 상처를 받기 때문이다.

경민은 명혜학교에 입학하였다. 그곳도 특수학교이고, 명휘원이라는 시설을 함께 운영하고 있어서 학교 학생 대부분이 원생들로 구성되어 있는 것은 성세학교와 다르지 않았다. 그는 초등학교 때처럼 중학교 때도 통학을 하였다. 비틀거리기는 해도 혼자서 걸을 수 있었기 때문에 기숙사를 이용하지 않았다.

부모님은 안산에서 조금 큰 식당을 운영하였다. 그는 수업을 마치고 나면 식당으로 왔다. 집에 가면 아무도 없기 때문이다. 형은 너무 바빴다. 학원도 가야 하고, 친구들과 어울리기도 해야 해서 동생과 함께 있어 줄 시간이 없었다. 그래서 경민은 집에 가지 않고 엄마, 아빠가 있는 가게에서 시간을 보내야 했다. 손님이 다 빠져나가도 부모님은 설거지를 하고 다음 날 장사 준비를 하며 늦게까지 일을 하였다.

　늦은 밤 경민 귀에 어김없이 들려오는 피아노 선율은 그의 가슴을 뛰게 하였다. 피아노 연주 소리를 처음 듣는 것은 아니었지만 바로 옆에서 들려오는 라이브 연주는 경민의 잠자는 세포를 하나씩 하나씩 깨워 주었다.

　그래서 김경민은 자기도 모르게 그 소리를 따라갔다. 그곳은 식당 옆에 있는 피아노 학원이었는데 문을 열고 들어가자 젊은 여자가 피아노를 치고 있었다.

　"저… 피…아노… 배우고…… 싶어요."

　선생님은 엷은 미소를 띠우며 "엄마한테 허락받고 오렴." 하며 여지를 남겨 주었다. 피아노를 배우겠다고 하자 엄마는 허락해 주었다. 그의 엄마는 항상 아들을 지지해 주었다. '네 손이 그런데 무슨 피아노야.' 라고 핀잔을 주지 않았다. 그래서 엄마 손을 잡고 피아노 학원을 찾아 갔다.

　엄마는 '우리 아이가 피아노를 배울 수 있을까요?' 라고 물을 법도 한데 그렇게 묻지 않았다.

　"우리 아들이 피아노를 배우고 싶다고 해서 찾아왔어요."

　그렇게 말하자 피아노 선생님도 경민을 선뜻 받아 주었다. 보통의 경우처럼 장애 때문에 안 된다고 말하지 않았다. 엄마가 그를 피아노 학원에 보낸 것은 피아노를 잘 치기를 원해서가 아니었다. 아이들과 어울릴 수 있는 기회를 주고 싶어서였다. 하루 종일 가게에서 오가는 사람이나 구경하고 있는 아들이 안쓰러웠던 것이다.

"자, 여기 앉아서 건반을 눌러 봐."

학교 교실에 있는 풍금 건반을 눌러 보았을 때와는 느낌이 사뭇 달랐다. 굉장히 부드러웠다. 어린 경민이었지만 그 느낌이 사랑이 가득한 사람의 손길 같다는 생각이 들었다.

하지만 김경민의 손가락은 피아노 건반을 하나씩 누르는 것이 불가능하였다. 뇌성마비로 손가락이 펴지지 않아 주먹을 쥔 상태였다. 피아노와의 만남은 김경민에게 장애의 현실을 확인시켜 주는 결과밖에 되지 않았다. 하지만 그 누구도 할 수 없다고 말하지 않았다. 경민도 할 수 없다는 말을 아니 생각을 하지 않았다. 경민은 손가락을 펴기 위해 연필을 손가락 사이사이에 꼬아서 끼워 넣고 건반 연습을 하였다. 그건 고문이었다. 손가락이 너무 아파서 피아노 소리가 귀에 들어오지 않았다.

경민은 중학교에 입학한 후 학교생활이 즐거웠다. 쉬는 시간만 되면 음악실로 달려갔다. 음악실에 가면 피아노가 있기 때문이다. 피아노 건반을 누를 때마다 통통 튀어나오는 음들이 어린 경민의 가슴속에 들어오면 너무나 행복했다.

그런데 음악실에 경쟁자가 생기기 시작했다. 음악부가 생기면서 음악실이 음악부 차지가 되었다. 그래서 빨리 가서 먼저 차지하지 않으면 피아노를 빼앗기게 되기에 뛰어가느라 넘어지기도 많이 하였지만 전혀 아프지 않았다. 피아노 음이 모든 고통을 잊게 할 만큼 그에게는 만병통치약이었다. 그런 김경민을 가장 지지해 준 분은 음악 교사였다. 선생님은 인디애나주립대학교에서 음악을 전공한 수녀님이었다.

"경민아, 피아노가 그렇게 좋아?"

"네…… 좋아요."

"그럼, 너도 음악부에 들어오렴."

당시 학교 음악부는 합창부와 악기를 연주하는 합주부로 구성되어 있었다. 음악 선생님이 새로 오시면서 음악 수업이 활기를 띠었다. 음악실에 악기도 늘어났고 합창이나 합주를 지도해 주는 자원봉사 대학생들도 있어서 조용했던 음악실이 살아 움직였다.

경민은 음악부 활동을 하며 피아노 외에 다른 악기도 배우면서 음악적 소양을 쌓아 갔다.

"선생님! 피아니스트는 작곡가가 만든 곡만 연주해야 하나요?"

"예전에는 자신이 곡을 만들어서 자신이 연주를 하는 음악가들이 많았어. 슈베르트나 쇼팽 등 우리가 알고 있는 유명한 음악가들은 작곡가이자 연주자였지. 근데 그건 왜 물어? 경민이도 작곡을 하고 싶니?"

그때 경민은 고개를 흔들었다. 작곡을 어떻게 하는 것인지도 모르고 있던 때라서 작곡은 꿈도 꾸지 못했지만 내심 자기 곡을 만들고 싶다는 생각은 하고 있었다.

방황

...

피아노를 배운 지 3년이 되자 손가락이 펴지고 자연스럽게 연주를 할 수 있었다. 피아노는 가르쳐 준 것을 연습하고 또 연습해서 자기화되어야 사람들의 마음을 움직일 수 있는 연주를 할 수 있다. 피아노 학원에서 1시간 정도 피아노를 치고 집에 돌아오면 피아노를 치고 싶은 마음이 솟구쳐 올랐다.

그래서 그는 학교든 교회든 친구네 집이든 피아노가 있는 곳이면 자석처럼 끌려 찾아갔지만 그가 원하는만큼 피아노를 칠 수는 없었다. 늘 쫓겨나듯 피아노 앞을 떠나야 했다.

가정 형편을 뻔히 알면서도 그는 피아노가 너무나 갖고 싶어서 피아노를 사 달라고 엄마를 졸랐다. 엄마는 경민이 원하는 것이면 무엇이든지 해 주고 싶어하셨다. 그래서 드디어 집에 피아노를 들여놓아 주었다. 경민은 마음껏 피아노를 칠 수 있다는 기쁨에 들떠 있었지만 그의 부모는 피아노에 빠져 있는 아들의 미래가 걱정되어 마음이 편치 않았다.

"경민아! 드럼 한번 배워 봐라. 팔 힘 키우는데 그게 최고란다."

경민은 드럼을 배웠다. 팔의 움직임이 자유로워야 하겠기에 팔운동에 도움이 될 악기를 찾다가 드럼 학원까지 가게 되었다. 드럼은 비트가 있어서 흥이 났다. 팔 운동뿐만이 아니라 온몸 운동이 되었다. 하지만 드럼은 그다지 매력적이지는 못하였다. 그는 피아노를 칠 때 가장 마음이 편안하고 그 멜로디에 빠져든다는 사실을 알게 되었다.

"그래 역시 피아노였어."

이렇게 피아노를 자기 인생의 동반자로 결정한 것은 17살 여름이었다. 그 전까지는 피아노 역시 취미였고, 손가락 운동용이었다. 하지만 그 순간부터 경민은 피아니스트의 길을 선택하였다.

경민은 피아노 연습을 열심히 하면 피아니스트가 될 수 있다고 생각하였지만 우리 사회에서 피아니스트가 되는 길은 멀고도 험했다. 고등학교 1학년 때 피아노 콩쿨에 나가 큰상은 받지 못했어도 기립 박수를 받아 대상 못지 않은 인기를 누렸지만 그는 피아니스트가 되기 위한 필수적인 과정인 음악대학 진학 앞에서 아버지와 부딪혔다.

아버지는 '뭐 먹고살 거야.'라는 생존의 문제로 음대 진학을 반대하셨다. 그는 자포자기하는 심정으로 사회복지를 전공하였다. 대학은 대구에서 다녔다. 학교 수업에는 별 흥미가 없었지만 그래도 공부는 열심히 하였다. 졸업을 하면 취업을 해야 했기 때문이다.

하지만 아버지 생각도 틀렸다. 사회복지를 전공해도 뇌성마비는 장애인복지계에서도 취업이 어려웠다. 뇌성마비는 자신의 의지와 상관없이 몸이 뒤틀리고 뻗치는 특성이 있는데다 언어장애까지 있어서 직업을 갖기 어려웠다. 그는 졸업을 하고 빈손으로 집으로 돌아왔다.

아버지에 대한 반항심으로 그냥 룸펜으로 지낼까도 싶었지만 경민은 성격상 무엇이든지 해야 직성이 풀렸다. 그래서 고민 끝에 아버지에게 제안하였다.

"아…버지, 저…… 컴퓨터 가게 내주세요."

"그게 뭔 소리고? 컴퓨터? 니 학교 가서 컴퓨터 배웠나?"

그 제안 역시 쉽게 받아들여지지 않았다. 그도 그럴 것이 경민은 컴퓨터를 배워 본 적도 없고, 경민이 말한 컴퓨터 가게란 컴퓨터를 파는 매장이 아니라 고장난 컴퓨터를 고치는 수리점을 뜻하는 것인데 손을 제대로 사용하지 못하는 경민이 그 세밀한 작업을 할 수 없다고 판단하였기 때문이다.

하지만 경민은 장애 때문에 모든 일을 컴퓨터로 처리하며 컴퓨터 원리를 독학으로 익혀 컴퓨터 활용 능력에 자신이 있는데다 눈여겨 살펴보니 동네 컴퓨터 수리점에 손님이 많아 승산이 있다고 생각했다. 그 당시는 컴퓨터가 보급되기 시작하였지만 지금처럼 컴퓨터 AS를 받기 어려워 동네 컴퓨터 수리점을 찾는 사람들이 많았다.

예전에는 장애인들이 시계포를 차려 고장난 시계를 수리해 주고 도장 파 주는 일들을 많이 하였는데 경민은 시대의 변화에 맞춰 컴퓨터 수리점을 선택하였다. 부모님을 설득하여 낸 컴퓨터 수리점은 아주 작은 가게여서 큰 돈 들이지 않고 개업을 할 수 있었다.

세상에 쉬운 일은 없었다. 무거운 컴퓨터를 들고 가게에 들어왔다가 경민을 보고는 아무 말 없이 그 무거운 컴퓨터를 들고 그냥 나가는 사람들도 있었다. 경민을 알고 찾아오는 손님도 반신반의하기는 마찬가지였다. 그래서 경민은 이렇게 말했다.

"우선 점검부터 해 볼게요. 부품 교체가 아니면 바로 수리가 가능하니까 잠시만 기다리세요."

컴퓨터 사용법을 몰라서 생긴 오류가 대부분이라서 전원을 꽂고 컴퓨터를 켜고 얼마 지나지 않아 바로 정상으로 돌아갔다. 그래서 그 자리에서 수리를 해 주었다.

출장 수리도 갔기 때문에 가정으로 방문을 했는데 경민을 보고 놀라거나 잘 고칠 수 있을까 하는 의심의 눈초리를 보였다. 그래서 경민은 더욱 성실히 수리를 해 주었다. 고장날지도 모를 부분을 설명해 주며 미리 점검까지 해 주는 서비스로 고객들의 신뢰를 받아 냈다.

고객들이 주로 동네 사람들이라서 잘 고친다고 소문이 나자 손님이 점차 늘어났다. 그는 고장나서 버린 컴퓨터에서 사용할 수 있는 부품들을 모아 조립 컴퓨터를 만들어 동네 어려운 가정에 컴퓨터를 기증하기도 하였다.

하지만 컴퓨터 기술이 빠르게 진화하고 있어서 독학으로 습득한 실력으로 경쟁사회에서 살아남을 수 없을 뿐더러 대기업에서 컴퓨터를 생산하면서 AS가 일반화되어 동네 컴퓨터 점포가 하나 둘씩 문을 닫게 되었다. 그의 가게도 예외는 아니었다.

베스트 드라이버

...

고등학교를 졸업한 선배들이 자동차를 직접 운전하고 학교에 찾아오는 모습이 후배들 눈에는 가장 멋있다. 대개 대학에 진학한 형들인데 이동의 자유를 위해 자동차를 구입한 것이다. 장애인에게 자동차는 사치품이 아니라 장애를 보완해 주는 보조장비이다.

그래서 장애인이 자동차를 구입하면 특별소비세를 면제해 주고 매년 납부해야 하는 자동차세도 면제이다. 통행료도 50% 할인되고 주유도 LPG를 사용할 수 있어서 장애인에게 주어지는 혜택이 많다. 그래서 경민은 만 18세가 되면 운전면허에 도전할 거라고 공언하였다.

"넌, 안 돼."

"나… 왜…… 안 돼?"

"넌, 뇌성마비잖아."

뇌성마비는 운전면허를 획득할 수 없다는 규정은 없었으나 대부분 운동능력 측정에서 불합격된다는 것이었다. 그래서 운전면허 도전을 포기하는 친구들도 있었지만 경민은 안 될 거라고 미리 포기하는 성격이 아니었다. 그래서 필기시험 공부를 틈틈이 했고, 실기시험을 위해 아버지 자동차로 혼자서 열심히 연습하였다. 아버지 자동차는 일반 차량 그것도 스틱이었다.

고등학교 3학년 여름방학 때 운전면허시험을 보았는데 낙방하였다. 뇌성마비여서가 아니라 일반 차량으로 도전을 했기 때문이었다. 대학생이 된 후 운전학원에 가서 운전하는 방법을 배운 후 도전을 하자 합격하였다.

2000년도 운전면허증을 손에 쥐고 경민은 자동차를 구입하는 방법을 찾았다. 새 차를 뽑는 것은 상상도 할 수 없었고, 중고 자동차를 사야 했는데 중고시장에서 구입하는 것도 비용 부담이 컸다. 머릿속이 온통 자동차로 채워져 있었는데 2003년 어느날, 지인이 사용하던 엑셀 자동차를 그냥 갖다 쓰라고 하였다.

"앗싸!"

경민은 LPG를 사용하기 위해 가스통을 부착하였다. 마이카가 생기자 중고 엑셀이 외제차 부럽지 않게 소중하였다.

뇌성마비가 어떻게 운전을 하느냐고 신기해하는 사람들에게 무사고 운전자라고 자랑 아닌 자랑을 한다. 어떤 분은 걱정스러운 얼굴로 '운전 조심하세요.'라고 당부한다.

"네… 조…… 심하겠습니다."라고 안심을 시킨다. 장애인이 무엇을 한다고 하면 걱정부터 하는데 나이가 들자 그것이 장애인에 대한 편견이라기보다 불편으로 위험을 초래할지도 모른다는 생각에서 나온 것이라고 이해하게 되었다.

　그의 운전 경력은 벌써 14년이다. 무사고 운전이다. 위반 딱지 딱 두 번 뗀 것이 전부이다. 한 번은 주차위반이고 또 한 번은 신호위반이다. 운전 능력과는 무관한 것이고 보면 뇌성마비가 운전의 결격사유가 되지 않는다는 것을 알 수 있다. 장애 때문에 무조건 못할 것이라고 반대하는 것이 얼마나 어리석은 일인가를 잘 말해 주고 있다.

그래, 피아노야

...

아프니까 청춘이라고 했던가. 경민은 그 시절 꿈과 현실 사이에서 아프고 또 아팠다. 그 아픔을 달래 주는 것이 피아노였다. 경민은 자신의 피아노 연주를 사람들에게 소개하기 위해 UCC를 이용하기로 하였다. 그래서 삼각대 위해 캠코더를 설치하고 가장 멋진 차림으로 피아노 앞에 앉았다. 〈베토벤 소나타 14번 월광 1악장〉 연주 동영상을 UCC 사이트 '판도라TV'에 게재하였다.

몸도 제대로 가누지 못하는 장애청년이 악보도 없이 연주하는 모습에 누리꾼들은 큰 관심을 보였다. 10만 조회수를 기록하였다. 연주를 보고 자살하려던 생각을 접고 열심히 살아 보기로 결심했다는 댓글 등 네티즌들의 다양한 응원 덕분에 그는 2006년 12월 UCC스타로 등극하면서 MBC방송에서 그를 소개하였다.

경민이 방송에서 자기에게 피아노를 처음 가르쳐 주신 지성숙 선생님께 감사함을 전하며 보고 싶다고 말한 것이 전파를 타면서 꿈처럼 선생님을 만나게 되었다.

"와, 우리 경민이 많이 컸네."

"선생님은 그때랑 똑같으세요."

이산가족 못지 않은 상봉이었다. 지 선생님도 가끔 경민이의 생각이 떠오를 정도로 잊지 못할 사람이었다. 두 사람의 사이는 학원 선생과 수강생이 아닌 진정한 은사와 애제자였다.

지 선생님은 김경민을 피아니스트로 만들어 줄 계획을 세웠다. 바로 김경민 독주회를 열어 주기로 한 것이다. 선생님 남편이 근무하는 축협에서 2천만 원을 후원해 주어 2007년 3월 17일 처음으로 단독 연주회를 열었다.

'흰 건반 위 자유, 검은 건반 위 희망'이라는 부제에서 알 수 있듯이 독주회에서 보여 주고 싶은 것은 경민의 뇌성마비 장애는 피아노를 통해 자유로워지고 피아노는 젊은 장애청년의 희망이라는 것이었다.

경민이 연미복을 입고 입장할 때 뜨거운 박수가 쏟아졌고, 피아노 앞에서 혼신을 다해 연주하는 김경민은 피아니스트로 전혀 손색이 없었다.

그에게 피아노를 가르쳐 준 사람도 지성숙 선생님이지만 김경민을 피아니스트로 데뷔시켜 준 사람도 바로 지성숙 선생님이다. 선생님이 이사를 가는 바람에 소식이 끊겼다가 10년 만에 다시 맺어진 인연이고 보면 김경민에게 지성숙 선생님은 그의 인생에 가장 큰 영향을 준 멘토이다.

공연을 할 때는 무대 의상을 입어야 한다. 일반 정장을 입을 수는 없다. 와이셔츠도 일반 와이셔츠와는 다르다. 턱시도까지 갖추어 입어야 무대 의상이 완성된다.

"와, 정말 잘 어울리세요."

스태프들이 이런 인사를 한다. 무대에 나가기 전에 거울을 보면 본인이 생각해도 근사하다. 의상이 잘 어울린다는 것도 피아니스트로서 갖추어야 할 조건인데 그는 피아니스트의 모든 것을 잘 갖추고 있다.

경민은 평상시에도 의상에 신경을 쓴다. 장애인일수록 깔끔하게 옷을 입고 다녀야 사람들이 함부로 대하지 않는다고 생각하기 때문이다. 그는 스타일리스트이다.

사람들이 장애인에게 하지 않는 질문이 있다. 바로 '뭐 하는 사람이냐.'는 직업을 묻지 않는다. 번듯한 직업을 가진 사람이 많지 않기 때문에 또는 직업이 없을 것이란 생각 때문이다. 대화 중에 그가 피아니스트라는 것을 알면 이렇게 말한다.

"어쩐지, 예술하시는 분 같더라구요."

경민은 무대 공포증이 있다. 극도로 긴장을 하면 물 한 모금도 마시지 못한다.

이런 공포증의 원인은 장애 때문에 생기는 뻗침 현상이 있기 때문이다. 평소에는 그런대로 부드럽게 움직여지는 손이 사람들의 시선이 자기를 향하고 있는 상황이 되면 뻣뻣하게 굳어 버리는 것이다.

그는 연주를 할 때 악보를 보지 않는다. 모두 암기해서 연주를 해야 감정이 이입되기 때문이다. 그런데 피아노 연주를 할 때 작은 실수를 하

야외공연 중

면 불안감이 밀려와서 악보가 생각나지 않는다. 하지만 연주는 이어진다. 손가락이 악보를 기억하고 있어서 무의식적으로 연주를 이어 주는 것이다. 그렇게 손가락이 자연스럽게 움직이게 하려면 반복적인 연습밖에 없다.

무대 공포증은 그의 완벽주의에서 생긴 것이기에 그는 피나는 연습으로 무대 위에서 생기는 불안감을 이겨 냈다.

"김경민 씨죠? 저희는 ○○엔터테인먼트입니다. 김경민 씨 활동을 돕고 싶어서요."

"저… 장애인인데……."

"알고 있죠. 우리 회사에 장애인 배우들이 있어요."

"그래요?"

"사회 공익 차원에서 장애인 배우들을 키우고 있어요."

소속사에 들어오면 공연할 수 있는 기회를 마련해 준다고 하였다. 경민은 공연 기회라는 말에 귀가 솔깃하였다. TV에 몇 번 나왔다고 홍보가 되는 것이 아니었다. 피아니스트로 활동을 하려면 대중들 앞에서 피아노를 연주해야 하는데 연주 요청이 1년에 몇 번 들어올까 말까 하는 상황에서 피아니스트라고 말하기가 부끄러웠다.

그래서 바로 소속사와 계약을 하였다. 가서 보니 정말 장애인 배우들이 연기 연습을 하고 있었다. 경민도 일주일에 3번 연기 수업에 참석하였다.

"저…는 피아니스트인데, 연…기 수업이 필요할까요?"

"요즘은 뮤지컬이 대세예요. 어떻게 피아노만 쳐서 살 수 있나요? 우리가 준비하고 있는 뮤지컬이 있어요. 그 뮤지컬에서 김경민 씨는 피아니스트로 등장할 거예요."

"아… 그……렇군요."

뮤지컬에서 자신이 맡은 역할이 피아니스트라는 말에 고무되어 그는 열심히 연기 수업을 받았다. 무대가 낯설지는 않았지만 무대에 등장하면 바로 피아노 앞에서 연주를 했던 그가 연기를 하려니 어려웠다. 언어장애 때문에 대사가 정확히 나오지 않았고, 뮤지컬의 하이라이트는 춤으로 표현이 되는데 춤이 잘 되지 않았다.

하지만 새롭게 도전하는 분야라서 겨울에도 땀을 뻘뻘 흘릴 정도로 열심히 연습하였다. 그때의 경험이 무대 위에서 자신감을 갖게 하였기에 노력에 대한 댓가는 반드시 있다고 생각한다.

2009년 공연한 뮤지컬 '슈퍼스타'는 장애인학교에서 피아니스트를 꿈꾸는 장애청년이 열심히 노력하여 꿈을 이룬다는 내용으로 비롯 조연이었지만 김경민 실명이 그대로 나오는 김경민을 위한 뮤지컬이었다.

두 차례 공연 모두 객석이 꽉 찰 정도로 호응도가 높았다. 관객들은 주인공 김경민에게 갈채를 보냈다. 그도 아주 만족스럽게 공연을 마쳤다.

독립 선언

...

경민은 2008년도에 독립을 하였다. 평생 부모님 보살핌 속에서 살 수
는 없기 때문이다. 독립을 한다고 했을 때 어머니가 걱정을 많이 하셨
지만 엄마도 아들이 자립적으로 살아가야 한다는 것에 동의하였다.

경민은 자기만의 공간에서 마음껏 음악 작업을 하고 싶었다. 밤을
새워 하고 싶은 일이 있어도 "경민아, 어서 자그라." 하면 불을 끄고 침
대에 누워야 했다.

그래서 경민은 자신의 음악 세계를 위해 독립을 선언하였다. 그리고
혼자 피아니스트로 성장하기 위한 준비를 하였다.

경민은 연주회 준비를 밤새워하다가도 연주회 이틀 전부터는 아무것
도 하지 않는다. 푹 쉬어야 최고의 컨디션이 만들어지기 때문이다. 독립
한 후에는 이틀 동안 좀비처럼 쉬어도 누가 뭐라고 하는 사람이 없어서
휴식의 질이 높아졌다.

엄마는 경민의 건강을 걱정하며 "밥 잘 먹고 다녀."라고 식사 걱정만 하지만 경민은 건강을 위해 운동을 해야 한다고 생각했다. 뇌성마비로 경직된 근육을 풀기 위해 운동만큼 좋은 것이 없었다. 그래서 경민은 스쿼시, 수영, 사이클, 헬스 등 안 해 본 운동이 없다. 헬스는 다른 운동들과 함께 병행했기 때문에 가장 오래했는데 운동의 효과가 컸다. 기초 체력이 좋아지는 것은 물론이고 장애가 점점 개선되었다.

그래서 가만히 서 있을 때는 장애인인 줄 모르고 말을 붙였다가 말을 할 때 뇌성마비 특성이 확 드러나자 놀라 도망가는 여자도 있었다. 그 정도로 운동이 경민의 움직임을 부드럽게 만들어 주었다.

이렇게 운동을 열심히 하자 운동신경이 발달해서 뇌성마비인들 사이에서는 경민의 실력이 단연 돋보였다.

"경민아! 너 운동선수 한번 해 봐라."

"제가 선수를요?"

"장애인올림픽 나가서 금메달 따면 연금도 나오고 얼마나 좋은데."

"아녜요. 저는 그냥 피아노만 할래요."

경민은 운동선수 제안을 이렇게 거절하였다. 아무리 연금이 좋아도 피아노를 포기할 수는 없었다.

최근 경민은 스포츠댄스를 배우고 있다. 파트너와 호흡을 맞춰 추는 사교댄스인데 제법 스텝을 잘 밟는다고 칭찬을 들었다. 사교댄스를 배우는 이유는 몸의 유연성을 높이기 위한 것도 있지만 혹시라도 생길지 모르는 사교춤의 기회를 장애 때문에 하지 못하는 것으로 만들

공연을 마치고 배에 올라서

고 싶지 않기 때문이다. 경민은 사랑하는 연인과 함께 춤을 추는 상상을 하면서 스포츠댄스에 푹 빠져 있다.

형은 공대를 나왔는데 경민의 영향을 받아 장애인복지에 관심이 많아서 사회복지사 자격증을 획득하여 안산 평화의 집에 근무하고 있다. 형은 건강이 좋지 않아서 방황을 하다가 현재 부모님과 함께 살고 있다.

소심한 성격의 형과는 달리 경민은 매우 적극적이다. 그는 안 된다는 말을 하지 않는다. 세상에 안 되는 일이란 없다. 안 되면 될 때까지 한다는 것이 그의 철학이다. 사람들은 뇌성마비 특성을 잘 모르기 때문에 뒤틀리는 몸을 보면 무조건 못할 것이라고 생각한다. 그래서 안 된다는 말을 귀가 따갑게 들었다.

이렇게 주위에서 모두 안 된다고 할 때 유일하게 된다고 한 사람이 바로 형이었다. 엄마 뱃속에 함께 있었던 쌍둥이여서 그런지 경민을 가장 잘 이해해 주고 지지해 주는 사람이 바로 형이다. 그래서 경민은 형에게 늘 고맙고 미안한 마음을 갖고 있다.

세계 유일의 뇌성마비 피아니스트

...

　김경민은 지금까지 50여 개국에서 200여 회 이상의 해외 연주회를 가졌다. 국내 연주회보다 해외 연주회가 더 많은 것은 편견 없이 그를 바라보는 인식 때문이고, 뇌성마비 피아니스트는 김경민이 세계 유일하기 때문이다.

　그는 UN본부 행사에 벌써 세 번이나 초청을 받아 연주하였다. 그가 이렇게 국제적인 활동을 할 수 있었던 것은 어느 날 갑자기 찾아온 행운이 아니었다.

　그는 목마른 사람이 샘을 파듯이 스스로 찾아서 구하는 적극적인 인생관을 갖고 있다. 국내에서 장애인 피아니스트가 설 무대가 없다면 해외에서 찾으면 되겠다는 생각이 들어서 인터넷 서핑을 하다가 (사)뷰티플마인드를 발견하였다. 이미 시각장애 클라리넷 연주자 이상재 박사도 그 단체에서 활동하고 있었다. 그래서 경민은 2009년 자기 소개서를 이메일로 보냈다. 그러자 아산병원에서 열리는 환우들을 위한 음악회에 경민을 연주자로 초청하였다.

경민은 언제나 그렇듯이 최선을 다해 연주하였다. 병원 관객들의 반응이 뜨거웠다. 당시 공연을 총괄했던 이화여자대학교 배일환 교수가 경민을 눈여겨보았다.

"연주 아주 좋아요."

"감사합니다, 교수님! 유명하신 첼리스트를 뵙게 되어 영광입니다."

이렇게 해서 그는 뷰티플마인드와 인연을 맺게 되었는데 (사)뷰티플마인드는 다양한 문화 활동을 하기 위해 2006년 미국에서 시작하여 2007년 한국에 설립되어 2012년 싱가포르, 2015년 베트남에 뷰티플마인드를 세워서 문화 외교를 하고 있는 자선단체이다. 뷰티플마인드 노재헌 상임이사는 국제 변호사인데 '눈으로 보이는 차이는 차이가 아니다.'며 장애인과 비장애인이 함께하는 공연을 꾸준히 마련하고 있다.

"처음엔 몰랐었는데 노재헌 이사님은 대통령의 아들이라는 것 때문에 많은 자유를 잃으셨데요. 그래서 장애인을 비롯한 소외된 사람들에게 관심이 많으신 것 같아요. 대통령 아들이라는 편견도 만만치 않은 것 같아요."

뷰티플마인드 덕분에 2010년부터는 해외에서 러브콜이 이어지고 있다. 2010년 2월에 주 케냐 대한민국대사관의 주최로 열린 'Beautiful Mind Beautiful World' 공연에 초청을 받았는데 이 공연은 UN 나이로비 사무소 대회의장에서 열린 최초의 콘서트로 각국의 대사와 대사관 직원, 유엔 직원 등 300여 명 이상의 현지 주요 인사들이 참석하였고, 경민은 자신의 자작곡으로 전 지구적 환경오염의 심각성을 알리고 환경을 보호하는 데 동참하자는 메시지를 전달하였다. 당시 현지 주요 언론에서 의미 있는 공연이었다고 크게 보도했다.

특히 한국과 수교를 맺은 국가 수교 기념식에 단골 연주가로 활동하였다. 2010년 10월에 말레이시아에서 열린 '한국-말레이시아 수교 50주년 기념' 공연과 라오스에서 열린 '한국-라오스 수교 15주년 기념' 공연에 초청을 받았다. 또 2011년에는 알제리에서 열린 '한국-알제리 전략적 동반자 관계 선언 5주년 기념' 공연에, 2012년 3월에는 중국 상해에서 열린 '한국-중국 수교 20주년 기념 콘서트'에, 2012년 5월에는 요르단에서 열린 '한국-요르단 수교 50주년 기념 콘서트'에 초청받아 장애인과 비장애인이 음악을 통해 하나 되는 특별한 하모니를 선보이며 세계 평화와 화합을 염원하는 감동의 무대를 선사하였다.

또한 해외 자선공연으로 나눔 한류에 동참하며 평화의 메시지를 전하고 있다. 2011년 9월, 국제일본기아대책본부의 초청을 받아 일본 대지진이 발생한 혼슈 센다이에서 열린 위문공연에 참여해 재해를 입은 시민들에게 절망과 좌절을 딛고 다시 한 번 일어서기 바란다며 응원하였다. 공연 후 센다이 시민들은 무대 앞으로 달려 나와 경민의 손을 잡으며 깊은 감사의 인사를 건넸다.

2013년 9월에는 한중문화센터가 주최한 중국 사천 대지진 위문공연인 '2013 사천성 한중문화교류 자선콘서트'에 참여하였다. 사랑과 나눔을 주제로 한국과 중국의 대중음악, 전통음악, 클래식, 퓨전음악 등

이 함께하는 뜻 깊은 공연을 펼쳐 5,400석을 꽉 채운 재해로 무너진 시민들의 심장을 다시 뛰게 하였다.

2015년 7월 주 블라디보스톡 대한민국총영사관이 주최한 '한-러 친선콘서트'에 참여하였는데 이 공연은 열차로 러시아 블라디보스톡에서 독일 베를린까지 가는 한국 청년 '유라시아 친선특급' 원정대의 출발을 응원하고, 유라시아 대륙과의 교류를 확장하는 대한민국을 기념하는 자리였다.

경민은 유라시아의 드넓은 대륙을 보면서 우리나라는 국토는 매우 작지만 국민은 매우 위대하다는 사실에 눈시울이 붉어졌다.

또 2016년 6월에는 유엔 한국대표부가 주최한 '누구도 소외되지 않는 아름다운 공연(Beautiful Concert-Leave no one behind)'에 초청받았다. 이 음악회는 제9차 장애인권리협약 당사국 회의와 연계해 열리는 연주회로 장애인권리협약 채택 10주년 기념으로 개최되었다. 장애인권리를 확인하는 연주회어서 장애인 당사자로서 가슴이 뜨거워졌다.

음악으로 장애인권리 운동을 한 것 같아서 뿌듯했다.

해외공연이 공익적인 목적으로만 이루어진 것은 아니다. 정규앨범 발표 기념 첫 번째 독주회는 2016년 5월 중국 선전(공연장 이름)에서 있었다. 앨범 발표 기념 첫 번째 독주회라면 당연히 국내에서 먼저 개최되었어야 하는데 중국에서 먼저 열게 된 것은 그만큼 중국에 팬들이 많기 때

아프리카 우간다 여학교 Banulule Primary School 학생들과 함께

공연을 마치고 학생들과

레바논 찾아가는 음악회에서 휠체어 타는 소녀와 함께

문이다.

경민은 무대 위에서 자신만의 색깔로 관객들과 음악으로 소통하기 때문에 모든 관객들이 하나가 된다. 그리고 무대에 설 때마다 음악적으로 더욱 성숙한 모습을 보여 주기 위해 노력하기 때문에 관객들을 실망시키지 않는다.

경민에게 잊을 수 없는 공연들이 있다.

네팔 고아원에서 연주를 했는데 피아노 연주가 끝나자 7살 여자아이가 다리를 절며 경민에게 다가왔다.

"지금 생각났어요. 나도 피아니스트가 되고 싶어요."

경민은 자기도 모르게 그 꼬마를 안아 주었다. 그리고 자기 머플러를 아이 목에 걸어 주었다. 뭔가 아이에게 기념이 될 만한 것을 남기고 싶어서였다. 그 아이는 자기도 피아니스트가 되고 싶다고 말했다. 소녀의 가슴속에 숨어 있던 꿈을 찾아준 것, 바로 이것이 경민이 해야 할 역할이라고 생각한다.

아랍에미리트의 두바이에 있는 장애인단체에서 공연을 할 때 일이다. 장애인과 그의 부모들이 한국에서 온 뇌성마비 피아니스트의 연주회에 참석하기 위해 강당을 가득 채우고 있었다. 비행기를 타고 멀리 날아온 곳에도 장애인과 가족들이 많은 것을 보고 장애인 문제는 전 세계가 공유하는 과제라는 사실을 알 수 있었다.

공연을 마치고 나오는데 로비에서 12살 남자아이 손을 잡은 건장한 남자가 영어로 인사를 하였다. 자기 아들인데 뇌성마비 장애가 심해서 미래에 대한 희망이 없다고 하였다.

그런데 그 아이를 본 순간 경민은 자기 어렸을 때의 모습이 떠올랐다. 그 아이는 주먹을 쥔 상태로 두 팔로 만세를 부르는 듯한 자세를 취하고 있었다.

"아버님! 아드님은 장애가 심하지 않아요. 저도 어렸을 때는 아드님과 비슷했어요. 어느 정도 노력하느냐에 따라 성장하면서 장애 상태는 얼마든지 호전될 수 있어요. 아이가 무엇을 하고 싶어하는지를 찾아서 그것을 잘할 수 있도록 도와주시면 희망이 생길 거예요."

아이 아버지는 엄지손가락을 치켜세우며 '원더풀'을 연신 외쳤다. 아이도 경민에게 활짝 미소를 지었다. 경민은 뇌성마비 아동을 보면 자기 자신을 보는 것 같아서 마음이 짠해지고 어떻게 해서든지 도와주고 싶다.

올 8월에 베트남에서 공연이 있었다. 베트남은 여러 차례 방문한 적이 있는데 이번 공연이 기억에 남는 것은 유난히 주름이 많은 한 할머니 때문이다. 연세가 있는 분들은 피아노 연주에 흥미를 갖기 어렵다. 그런데 그 할머니는 연주회 내내 고개를 들었다, 숙였다를 반복하는 것이었다. 고개를 들었을 때는 연주를 즐기는 환희에 찬 얼굴이었다. 그런데 고개를 숙이고 무엇을 하는지는 알 수 없었다.

그런데 공연을 마치자 할머니가 소녀처럼 수줍은 모습으로 경민에게 다가와 종이를 내밀었다. 처음에는 사인을 해 달라는 것인 줄 알았는데 그 종이에는 베트남 글씨가 가득 채워져 있었다. 경민에게 편지를 쓴

것이었다. 경민의 연주에 대한 감상이었다.

할머니에게 연주회 감상문을 받고 경민은 피아니스트가 된 보람을 온몸으로 느꼈다.

이렇게 세계 여러 나라를 자유롭게 다니고 있는데 북한에서는 공연을 할 수 없다는 것이 안타깝다. 북한 어린이들에게도 자신의 공연을 통해 희망을 주고 싶다.

북한 어린이들은 통일된 대한민국의 국민이 될 우리의 미래이기 때문에 그 아이들이 건강하게 성장할 수 있도록 작은 힘이나마 보태고 싶다. 북한 어린이 실상을 TV에서 보며 북한 어린이들을 위한 공연을 언젠가는 꼭 해 보리라는 결심을 하게 된다.

그는 전 세계 사람들과 공유할 수 있는 것이 음악이라고 믿고 있다. 언어가 달라 말이 통하지 않아도 음악을 통해 소통이 가능하기 때문이다. 음악은 공감대를 쉽게 형성하는 특성이 있다.

경민은 전 세계에 팬들이 있는데 공간을 뛰어넘어 서로 친구로 맺어준 것은 다름 아닌 음악이었다. 엘살바도르 친구는 경민과 친구가 된 후 한국에 관심을 갖게 되었고 그러다 한국으로 유학을 왔다.

이렇게 한국에 대한 외국인들의 관심이 바로 외교의 바탕이 되는 것인데 그 관심은 음악 즉 문화로 이끌어 낼 수 있다. 경민은 음악을 통해 아름다운 사랑의 추억과 희망을 전하기 위하여 피아니스트로 살아갈 것이다.

무대에서 빛이 나는 남자

...

국회 연주회

2008년 4월 장애인의 날을 맞이해 국회에서 열린 '제2회 장애인 문화 초대석'의 메인 행사에 초청받아 2시간 동안 독주회를 가졌다. 앞줄에 국회의원들이 앉아 있었고 객석은 국회에 근무하는 직원들이 자리를 채웠다. 연주회가 시작될 때는 국회의원들은 악수를 나누느라고 정신이 없었고, 객석은 새로 들어오는 사람, 핸드폰 들고 뛰어나가는 사람들로 어수선하였다.

"저…는 피아니스트입니다. 그리고 4월 20일은 장애인의 날입니다. 그래서 저를 초대해 주신 것으로 알고 있습니다. 지금부터 연주를 시작하겠습니다."

경민은 피아노 앞에 앉아서 심호흡을 한 후 건반 위에 손을 올려놓고 손가락을 조율하였다. 그리고 연주를 시작하였다.

베토벤의 〈월광〉을 비롯해 스티브바라캇의 〈로망스〉, 이루마의 〈When the love falls〉, 겨울연가 OST 중 〈마이 메모리〉 등 여섯 곡을 연주하였다. 한 곡 한 곡 이어질수록 관객들은 집중하기 시작했다. 국회의원들도 악수를 멈추었다. 점점 박수 소리가 커져 갔다.

연주회가 끝났는데도 자리를 떠나지 않는 사람들이 있었다. 연주의 여운이 관객을 붙잡고 있는 것이다. 연주회를 마치고 로비로 나오자 관객들이 악수를 청하며 한마디씩 했다.

"정말 대단하세요."

"완벽한 연주였어요."

청와대 연주회

2010년 5월 청와대 영빈관에서 열린 자선연주회 '작은 나눔, 더 큰 행복 Beautiful Harmony Concert'에 경민이 초청받아 피아노를 연주하였다. 어느 연주회나 대중 앞에 선다는 것은 긴장이 되기 마련인데 청와대라는 장소는 사람을 더욱 긴장시켰다.

이 연주회는 어린이 날을 기념하기 위해 소외된 아동들이 자유롭게 꿈을 펼칠 수 있는 세상을 만들어 가자는 메시지를 전달하는 것이 목적이었다. 그 목적에 김경민이 잘 어울린다고 생각했던 것이다.

뇌성마비라는 장애 때문에 어린 시절 많은 어려움이 있었지만 피아니스트로 성장한 김경민의 사연이 소외계층 어린이들에게 꿈을 심어 줄 수 있기 때문이다. 그런데 경민에게 용기를 얻는 것은 비단 어린이들뿐만이 아니었다. 비틀거리며 걸어나와서 피아노 앞에 앉을 때만 해도 관객들은 경민의 연주에 크게 기대를 하지 않지만 막상 연주를 시작하면 연주에 빠져들게 된다. 음악을 아는 사람들은 높은 음악성에 놀라고,

작은 나눔, 더 큰 행복

Beautiful Harmony Concert

뷰티플 하모니 콘서트

2010년 5월 16일 일요일 오후 5시
청와대 영빈관 1층

BeautifulMind
C H A R I T Y

사단법인 뷰티플마인드는 다양한 문화활동을 통해 전 세계의 소외된 이웃에게 사랑을 나누는 문화외교 자선단체로서, 2007년 3월 13일 외교봉상부의 인가를 받아 설립되었습니다. 뷰티플마인드는 국내뿐만 아니라 세계 각국에서 국악과 클래식, 미술 전시회, 장애인들을 위한 음악교실 등을 통하여 한국의 위상을 높이고, 예술인이라면 장애와 비장애, 모든 인종과 민족을 넘어서서 모두가 자연스럽게 하나가 될 수 있음을 보여주는 단체입니다.

또한 각계각층의 후원을 받아 다양한 주제의 연주회를 열고, 이를 통해 모아진 수익금 전액을 해당 지역사회와 수혜단체에 기부함으로써 이들 사이를 잇는 든든한 가교역할을 담당하고자 노력하고 있습니다. 2008년부터는 소외계층 아동, 청소년을 위한 맞춤 음악교육 프로그램 '뷰티플마인드 뮤직아카데미'를 창설, 현실적으로 음악 교육을 받기 어려운 상황에 있는 학생들을 선발하여 음악적인 재능과 가능성을 계발하고 있습니다. 현재 18명의 전문 음악인이 30명의 학생들에게 무료로 음악 레슨을 하며 문화적, 정서적 성장을 돕고 있습니다.

장애인이든지 비장애인이든지, 가진 자리면 누구나 나누어 줄 수 있고 뷰티플마인드의 정신인 무조건적인 사랑 측, '대가를 바라지 않는 사랑(Expect Nothing in Return)'을 실천하는 한국의 건강한 기부문화를 이끄는 모델이 되기 위해 최선을 다하고 있습니다.

www.beautifulmindcharity.org

주최/주관   **B**eautifulMind   C H A R I T Y
후 원   **GKL**
공연 문의 : (사)뷰티플마인드 02-772-9961

2010년 청와대 콘서트 팸플릿

음악을 모르는 사람들은 에어컨이 세게 돌아가는데도 땀을 뻘뻘 흘리며 혼신을 다하는 모습에 감동을 받는다.

그날 영빈관에는 이명박 대통령 내외를 비롯해서 사회지도층 인사들이 많았는데 경민이 연주를 마치고 자리에서 일어나 인사를 하자 브라보를 외쳤다.

자선연주회

경민이 가장 좋아하는 연주회는 사회복지기관의 이용자들과 대학병원 환우들을 위한 자선공연이다. 그 사람들에게 경민의 연주가 치유가 되기 때문이다. 2011년과 2012년 두 차례에 걸쳐 5개월 동안 진행된 '복권기금 문화나눔 희망과 열정의 2중주 음악회'에 참여하였다. 이 공연은 문화예술을 온 국민과 더불어 누리고자 한국문화예술위원회에서 복권기금으로 마련한 것인데 전국에 있는 사회복지시설과 병원을 찾아다니며 정말 많은 사람들을 만났다.

경민은 사회복지를 전공하였기 때문에 사회복지시설에 가면 고향에 온 것처럼 마음이 편하다. 그분들의 마음을 누구보다도 잘 이해하기에 그분들을 위해 어떻게 해야 하는지 알고 있기에 그 사람들도 경민에게 특별한 관심을 보인다.

시설 이용자와 환자 그리고 그 가족들을 위해 연주를 할 때는 건반 하나하나를 누르며 그들의 건강과 행복을 기도한다. 그의 연주가 희망과 용기를 주었다고 하지만 그분들이 경민에게 더 큰 용기를 주었다.

경민은 무엇보다 뇌성마비인들을 위한 연주회를 소중히 여긴다. 2008년부터 사단법인 한국뇌성마비복지회가 매년 주최하는 '뇌성마비 시인들의 시 낭송회'에 축하 연주자로 참여하고 있는데 다른 스케줄보다 이 행사가 우선 순위이다. 관객이 뇌성마비장애를 갖고 있는 후배들이기 때문이다. 경민은 그 존재 자체로 뇌성마비인들에게 희망의 등불이 되고 있다.

뇌성마비는 다른 장애 유형과 달리 사회생활에 어려움이 훨씬 더 많다. 걷는다 하여도 마치 술에 취한 듯이 온몸을 비틀거리고, 언어장애가 있어서 소통을 하는데 어려움이 많기에 사람들은 뇌성마비 장애인을 지능이 낮은 사람으로 생각한다. 말을 어눌하게 하니까 알아듣지도 못하는 줄 알고 말을 천천히 큰 소리로 하기도 한다.

경민이 피아니스트 라고 하면 기적이라고 하면서 신기해한다. 경민은 그런 사람들에게 노력하면 기적은 얼마든지 만들어질 수 있다는 것을 말해 준다.

작곡에 도전

...

경민은 늘 연주 활동에 대한 갈망이 컸다. 사실 무대를 오를 기회가 매우 제한적이었다. 장애인과 관련된 행사에서만 뇌성마비 피아니스트를 찾는 것이 매우 안타까웠다. 그는 자신의 음악적 영역을 더 넓혀 가기로 하고 작곡에 도전하였다.

피아노를 연주할 때는 역사적인 작곡가들이 만든 곡을 잘 해석해서 그 곡을 잘 표현하는 즐거움도 컸지만 자기 마음을 음악으로 표현하는 즐거움은 더 컸다.

경민은 작곡을 할 때 글을 먼저 쓴다. 자기 마음을 정리하기 위해서이다. 직설적인 단어 몇 가지를 적어 놓고 그것을 은유적으로 표현한다. 그 글을 보면서 멜로디를 만들어 간다.

작곡 공부를 하지 않아서 학문적으로 갖추어야 할 부분들이 빠져 있을 테지만 음악에 대한 경험이 몸에 배어 있어 자기도 모르게 곡이 만들어지곤 하였다. 사실 작곡은 운전을 하고 가다가 혹은 사람을 기다리다가 콧노래처럼 떠오르는 멜로디가 있으면 그것을 머릿속에 늘 갖고 있다가 이리저리 붙여 가며 하나의 곡으로 완성시킨다.

머리로 먼저 멜로디를 만들고, 컴퓨터로 작곡한 후 계속 반복해서 들으면서 수정을 해 나간다. 요즘은 곡을 악보로 옮겨 주는 프로그램이 있어서 전문 지식이 부족해도 음악을 만들 수 있다. 자신이 작곡한 곡을 연주할 때는 몸도 마음도 편안해져서 120% 결과가 나오는 듯하였다.

예전에는 녹음을 하려면 스튜디오를 빌려야 했었는데 요즘은 컴퓨터로 믹싱, 마스터링 등 모든 과정이 이루어지기에 집에서도 얼마든지 작업을 할 수 있어서 비용이 많이 절약되었다.

드디어, 2016년 3월 김경민의 첫 번째 피아노 솔로 앨범 'LOVE and Reminiscences'가 발매되었다. 4년 동안의 준비 기간을 거쳐 혼자서 기획하고, 작곡하고, 연주하고, 프로듀싱까지 하였다. 이렇게 혼자서 1인 4역을 해야 하는 이유는 그가 재능이 있기 때문이기도 하지만 장애인 피아니스트를 위해 투자하는 기획사가 없기에 혼자서 모든 것을 감당해야 하는 것이다.

이 앨범에는 〈Reminiscences〉, 〈잊혀진 향기〉, 〈Empty Mind〉, 〈기다림〉 〈Hope〉 등 전체 12곡이 담겨 있다. 경민은 그동안 말하지 못했던 사랑에 대한 추억을 아름다운 선율로 표현하였다.

타이틀에서 알 수 있듯이 사랑에 대한 추억을 담고 있다. 흔히들 장애인은 장애를 이겨 내는 것이 가장 중요한 목표여서 사랑은 멀리한다고 생각하지만 사랑은 본능이어서 멀리한다고 멀어지는 것이 아니다.

첫 앨범 CD 이미지

12곡의 의미를 글로 표현한 내용을 보면 그가 얼마나 아름다운 사랑을 했는지, 그 사랑으로 얼마나 많은 추억을 갖고 있는지 알 수 있다.

reminiscences

하루가 지나고 또다시 날이 밝아 온다.

한 시간, 두 시간 널 애써 기억하려 해도

이젠 너의 미소조차 희미하게 생각날 뿐 감정은 어느새 멀리 떠나갔다.

순간 두려워진다. 널 잃을까.

잊혀진 향기

잠시 고개를 돌려서 뒤를 보고 있는데 낯선 사람에게서 익숙한 향내가 배어 전해졌다.

기억 속 어딘가 새겨진 향내음, 강하게 날 끌어당겼다.

어느새 나는 달리고 있었다.

빠르게 사라져 버린 기억 속 향기. 뒤따라 갔지만 텅빈 마음만 남는다.

empty mind

차가운 바람이 볼을 스치고 지나간다. 길을 잡지 못하고 맴돌고 있는지도 모르고 계속 걷고 있다. 뚜벅뚜벅, 뚜벅뚜벅

마음 둘 곳을 찾아헤매고 있던 걸까?

가까스로 생각을 멈추었는데 그곳은 내가 살고 있는 아파트 옥상이었다.

밑을 내려다보았다. 평온해지는 이 기분은 무엇일까?

기다림

그 후로 겨울이 찾아왔다. 차가운 거리는 눈으로 온통 뒤범벅이 되어 사람들에게 매서운 추위를 느끼게 한다. 커피숍에서 나와 잠깐 그 자리를 걷는다. 가슴이 시리다. 내 눈도 촉촉해지고 기어코 머플러를 적시고 있었다.

잘 지내고 있는 거니?

hope

생각 없는 삶이 계속되고 있었다. 그저 일을 위해 하늘을 가로질러 도착한 그곳, 그곳엔 네가 있었다. 환한 모습으로 인사를 건네는 또 다른 한 사람 그녀도 알고 있었을까?

나는 이미 너의 미소에 과거를 지우고 있었다는 것을.

네 잎 클로버

아주 먼 곳에서 나는 네 곁에 다가왔고 너를 만난 건 행운이었어.

넓은 풀밭에서 네 잎 클로버를 찾은 거처럼 내 마음은 통통 뛰었고, 그런 내 모습을 바라보는 너도 환한 미소로 반겨 주었어.

첫 만남의 설렘을 비로소 나는 알 수 있었어.

하늘을 바라봐도 너의 모습으로 가득했던 그날!

lost

한 곳을 바라보고 걷고 있었다. 차가움도 따뜻함도 없이
네가 있다는 것조차 느낄 수 없다.
모든 걸 잃을까 두려웠다. 감정을 찾을 수 없었다.

남자의 사랑

너는 내가 가장 잘 아는 사람일까?
너를 진심으로 사랑하는 걸까?
난 남자다, 너의 남자.
나는 거짓말로 너에게 속삭인다. 사랑해.

슬픈 미소

그 후로 넌 아무런 느낌이 없었던 거 같다.
무기력하게 하늘만 바라보던 나에게 정이라도 남아 있었을까?
너의 진한 속눈썹이 이그러질 때면 난 항상 불안함을 느낀다.
바다와 함께 흐느끼던 너를 생각하며.

실연

힘없이 널 불러 본다. 내 앞에 서 있는 사람은 네가 아니었다.
어디로 사라진 거니? 4차선 도로 갓길

몇 마디만 머리를 스칠 뿐이다.
넌, 정말 구제불능이야. 이젠 끝이야.

그곳엔 바람이 분다
차에 기대어 곤히 잠든 너의 눈을 난 기억한다.
한참을 달려 도착한 곳은 너와 처음 만났던 그곳.
그곳엔 바람이 불고 있었다. 그때도, 지금도.

3년의 약속
계속되는 너와의 다툼, 원하는 것이 너무나 달랐다.
너의 바람, 나의 집착, 포기할 수 없었다.
어느 한쪽이 내려놓아야 했다.
3년을 요구한 너, 왜 그래야만 했을까?
남자를 모른다 생각했다. 그렇게 우리의 헤어짐이 되고 말았다.

    그가 작곡한 피아노 연주곡은 과하지도 화려하지도 않아서 사람들에게 편안하게 다가간다는 평을 받았다.

    경민은 첫 음반 작업을 혼자서 즐겁게 마쳤지만 음원 등록이나 한국저작권협회 가입 등 행정적인 절차에 어려움이 많다. 그는 음악을 만들고 연주하는 것은 쉬운데 행정적인 일은 매우 서툴다. 경민뿐만이 아니라 모든 예술인들이 힘들어하는 부분이다. 그래서 매니지먼트가 절실히 필요하다.

피아노로 전하는 나라 이야기

...

 피아니스트라면 1년에 한 번 정도는 독주회를 해야 한다. 그래야 자신을 확실히 알리는 기회가 된다. 공연에 게스트로 참여해서 한두 곡 연주하는 것으로는 피아니스트가 갖고 있는 음악 세계를 전달하기에는 역부족이다. 경민은 독주회 예산을 마련하기 위해 2017년 장애인문화예술향수사업 공모에 응모하였다. 다행히 선정이 되어 올해는 세 차례 공연을 할 수 있었다. 1차 공연은 김경민 거주지인 안산 예술의 전당에서 하고, 2차는 서울 올림푸스홀에서 독주회를 하였다. 그리고 3차 공연은 부산 해운대문화회관에서 마지막 4차 공연은 대전 서구문화원에서 개최하였다.

 독주회 예산을 만들기 위해 기획안을 직접 썼고, 정산도 자기가 직접 하였다. 이렇게 혼자서 준비를 하다 보니 기획력도 늘고, 행정 경험도 쌓을 수 있어서 이제 무슨 일이던지 할 수 있을 것 같은 자신감이 생겼다.

 경민은 연주회 티켓료를 2만 원으로 정했다. 초대권을 주어도 무료

입장이 되면 피아노 연주회의 격이 떨어진다고 생각했다. 관객이 적어도 공짜니까 온 것이 아니고 피아노 연주를 듣고 싶어서 연주회에 찾아와야 제대로 감상을 하기 때문이다. 물론 사업비가 너무 적어서 연주회 당일 행사 진행을 돕기 위해 참여한 자원봉사자들에게 밥이라도 사 줄 비용을 마련하기 위한 목적도 있었다.

경민은 올해 세 차례 진행된 독주회를 아주 특별하게 꾸몄다. 연주에 스토리를 담아 음악을 모르는 사람들의 지루함을 덜어 주기로 하였다.

"오늘 여러분은 연주회를 마치고 나가시면서 두 가지 사랑을 가슴에 담아 가실 수 있을 겁니다. 두 가지 사랑이 뭔지 궁금하시다구요? 지금 알려드리면 스포일러가 되니까요. 끝까지 함께해 주세요."

연주를 시작하며 경민은 첫사랑에 대한 고백을 하였다.

"벌써 15년이 지났네요. 저는 21살 때 첫사랑을 만났습니다. 그녀는 7살 때 교통사고로 하반신마비 장애를 갖게 된 소녀였습니다. 온라인을 통해 친구가 된 후 매일 통화를 하며 사랑을 키웠죠. 그녀는 지방에 살고 있었기 때문에 그녀를 만나기 시외버스에 몸을 실었습니다. 달리는 차창 밖을 내다보며 내내 그 소녀 생각만 했습니다. 지금 생각하면 아주 풋풋한 사랑이었죠. 소녀는 내 음악을 아주 좋아했어요. 그녀 동생이 음대에 다니고 있어서 음악에 대한 조예가 아주 깊어 대화가 통했어요. 그 첫사랑으로 나의 음악이 많이 성숙되었습니다."

새 앨범 첫 번째 트랙에 있는 〈Reminiscences〉 연주를 마치고 경민은
말했다.

"사랑하는 사람과 헤어졌을 때 나는 그녀가 나 이외의 다른 남자를
다시는 사랑하지 않기를 바랬어요. 하지만 그녀는 머지 않아 다른 남
자 곁에 있었지요. 배신감… 그런데 우리 모두는 그보다 더한 배신을
경험했어요."

화면에 사진과 함께 다음과 같은 글이 떴다.

일제 식민지 시절 동족의 아픔은 무시하고 일본의 하수인으로 삶을
택한 많은 수의 무리들이 있었고, 그들로 인해 나라를 잃은 슬픔과 동
족의 배반으로 인한 상처를 안고 살아간 수많은 사람들의 모습을 음
악으로 표현했습니다.

"다음 곡은 〈잊혀진 향기〉입니다. 저는 이 한 장의 사진을 보며
이분들을 지켜 주지 못한 사람들을 원망했어요. 그때는 주권이
없어서 그렇게 방치해 둘 수밖에 없었다지만 지금 우리는 힘이 있
는데도 그분들을 보호해 주지 않고 있어요. 그분들이 잊혀진 향
기가 되어서는 안 된다고 생각합니다."

1932년 1월 일본은 상해사변 당시 군부대에 위안부를 창설합니다. 일본군 여성 근로 정신대에 속해 있었으나, 해가 더해 갈수록 심해져, 민간인 처자들을 강제 소환하여 끌고 갔습니다.

1943년부터 대한의 처자들도 위안부에 들어가 모진 생활을 하였습니다. 위안부 할머니들의 삶과 애환을 표현한 곡입니다.

"이제 〈Empty mind〉를 들려드릴 텐데요. 가슴이 텅빈 듯한 느낌이 들 때가 있죠. 기대에 잔뜩 부풀어 있을 때 뜻밖의 절망이 내 발목을 잡으면 정말 허탈해집니다. 그런데 이때만큼 텅빈 마음이 또 있을까요?"

1945년 2월 미국, 영국, 소련의 지도자들은 크림 반도에 있는 얄타에 모여서 일본 패망 뒤의 문제를 논의했습니다. 이때, 일본이 망하면 한반도에 주둔해 있는 일본군의 무장해제를 위하여 북위 38도선을 군사 분계선으로 설정하여 남쪽은 미군이, 북쪽은 소련군이 주둔하기로 합의하였습니다. 해방의 기다림이 또 다른 비극의 시작이 된 것입니다.

"저는 잘 웃는 편인데 제 미소가 슬프게 느껴진다고 말하는 사람도 있습니다. 사실 살아가면서 슬픈 미소를 지을 수밖에 없을 때가 종종 있죠. 슬픔보다 더 슬픈 처연함이 엄습했던 것은 한국전쟁이었을 것입니다. 그래서 〈슬픈 미소〉에 전쟁의 폐허를 담았습니다."

자료사진-일본군 위안부 피해자

대한민국 정부가 세워지고, 그 후 1949년 6월 29일 주한미군 철수가 되었습니다. 이로 인해 북한에서는 남침 계획이 세워지게 됩니다. 그리하여 이듬해인 1950년 6월 25일, 민족상잔의 비극인 전쟁이 일어나게 됩니다. 미군이 떠나자 바로 남침을 한 북한입니다.

"벌써 마지막 곡입니다. 제가 개인적으로 좋아하는 곡입니다. 〈그곳엔 바람이 분다〉인데요. 아무리 시간이 흘렀어도 변하지 않는 진실이 있고, 아무리 고통스러워도 살아가야 하기에 우리는 진실을 향해 전진해야 합니다."

6·25 한국전은 이념 전쟁이었습니다. 자유주의와 공산주의 대립이었습니다. 서로의 이념이 달랐고, 서로 자기가 옳다고 주장했습니다. 지금은 전쟁이 끝난 것이 아닌 휴전상태입니다.

1129일간의 전쟁을 끝으로, 더 이상 우리나라에 전쟁이 일어나면 안 될 것이고, 이제는 자유 통일로 나아가야 할 것입니다.

해외 공연을 다니다 보면 애국심이 불타오른다. 한국 사람을 보면 가족을 만난 것 같고, 태극기를 보면 가슴이 뜨거워지고, 애국가가 울려퍼지면 눈물이 난다. 개발도상국에 가면 우리나라가 얼마나 잘 사는 나라인가 싶어 고마운 마음이 생기고, 선진국 곳곳에 우리나라 자동차나 전자제품이 있는 것을 보면 우리나라가 참 대단하다는 자부심이 생긴다. 그래서인지 경민은 나라 사랑이 각별하다.

애인 있어요

...

"여친 있어요?"

"애…인이 있어요."

사람들이 여자친구라고 표현한 것을 그는 애인이라고 바꾸어 말한다. 이제 그도 결혼을 전제로 진지하게 사귀는 연애를 해야 할 나이이다. 그의 애인은 중학교 교사이다. 남녀공학이라서 문제 행동을 하는 학생들도 있고, 학교 폭력도 종종 발생해서 그녀는 학교 일로 늘 신경을 많이 써야 한다. 수업을 하느라고 목을 많이 써서 목이 부어 있을 때가 많다. 그녀를 보면 경민은 늘 안타깝다. 두 사람은 대화보다는 그녀가 쉴 수 있도록 그녀가 좋아하는 곡을 연주해 주며 그녀만을 위한 연주회를 열어 주는 것을 그녀는 가장 좋아한다.

그들의 데이트는 다른 연인과 다를 바 없다. 학교 앞에서 퇴근하는 그녀를 기다렸다가 저녁 먹고 집에 데려다 주고, 시간이 안 될 때는 그냥 잠깐 얼굴만 보고 헤어지기도 한다.

각자 집으로 가서 카톡으로 하루 동안 있었던 일을 얘기하며 서로 위로해 주고, 소소한 결정을 위해 진지한 의논을 하기도 한다.

그들도 다른 연인들처럼 서로의 사랑을 확인하기 위해 경민이 커플링을 준비해서 그녀에게 끼워 주었다. 그리고 다른 사람에게 한눈을 팔면 눈에서 바로 레이저가 나온다. 사랑은 질투를 통해 더 견고해지기 때문이다.

그들이 가장 여유롭게 데이트를 할 수 있는 날은 일요일 교회에서이다. 교회에서 만난 사이이기에 교회 사람들도 두 사람 사이를 안다.

"두 분 보면 볼수록 잘 어울려요."

"하느님이 맺어 주신 거야."

주위 사람 모두 그들이 잘 맺어지길 간절히 바라고 있다. 경민 부모도 아들 짝으로 안성맞춤이라고 생각한다. 그래서 반찬을 만들어 주며 같이 먹으라고 은근히 재촉한다.

그녀가 집에 놀러오면 경민은 저녁 준비를 한다.

"내가 할께요."

"아…냐. 나 밥은 잘 해."

"밥만?"

"그렇지 밥만."

특별한 요리가 없어도 연인들의 식사는 맛있기만 하다. 그들은 이렇게 행복한데 세상 사람들은 특히 그녀 집안에서는 그들의 결혼 생활이 행복하지 않을 것이라고 말한다.

그녀는 장녀여서 부모의 뜻을 거역하기가 더욱 힘들다. 결혼 허락을 받아야 결혼을 할 수 있다고 생각할만큼 그녀는 보수적이다. 그런데 그녀도 경민도 결혼 허락이 쉽지 않다는 것을 알고 있다. 세상의 눈으로 보면 두 사람은 어울리지 않는다고 생각하겠지만 두 사람 사이에는 아무런 문제가 없다. 하지만 경민은 서두르지 않는다. 시간 속에서 자연스럽게 문제가 해결될 것이라고 믿고 두 사람만의 방식으로 사랑을 키워 가고 있다. 그 사랑이 서로를 발전시킨다면 시간 낭비가 아니라고 생각한다.

경민은 국어 교사인 그녀 덕분에 책을 많이 읽는다. 그녀의 풍부한 인문학적 지식이 경민에게 세상을 보다 넓고 깊게 바라볼 수 있게 만들어 주었다.

효자

...

2006년 UCC페스티벌에서 대상을 받은 후 방송 출연 요청이 많았다. 방송에서는 경민이 피아니스트로 연주를 보여 주는 것보다는 뇌성마비 장애를 갖고 어떻게 피아노를 치게 되었는지에 더 관심이 많았다.

방송에 비쳐진 아들을 보고 부모님은 방송 출연을 마음에 들어하시지 않았다.

"방송에 나와서 얻는 게 하나도 없다. 그거 뭐하러 하노. 힘들기만 하지."

"왜 얻는 게 없어. 피아노 전공하는 분들을 알게 되어 그분들에게 얼마나 많은 걸 배우는데."

"그래도 영 마음에 안 든다."

"엄마, 요즘은 PR시대야. 돈 주고도 광고하는데 공짜로 홍보해 주는데 얼마나 좋아. TV 보고 연주회 초대도 들어오잖아."

"방송국 사람들은 참 희안타. 뭐하러 밥 먹는 것까지 찍나."

"엄마가 그말 하니까 생각났는데 우리 친구들이 나한테 밥 사 준다

2014년 남미 온두라스 현지 방송국 아침생방송 출연

고 난리야. 학교 친구뿐만이 아니라 교회 친구들도 TV에서 봤다구 지
들이 더 좋아해."

경민은 엄마 마음을 알기에 이렇게 너스레를 떨며 엄마를 위로해 주
었다.

경민이 음악으로 돈을 번 건은 2006년 UCC페스트벌 상금 50만 원
이 처음이었다. 그 후로 들어오는 수입은 모두 공연 출연료이다. 경민
의 지출 대부분을 음악 활동을 위한 재투자이고 그 또래 사람들이 많
이 쓰는 유흥비는 거의 없다.

그래서 그는 저금을 한다. 돼지 저금통에 넣은 동전도 꾸준히 쌓이면
목돈이 되듯이 그의 저금도 시간이 지나자 제법 큰 돈이 되었다.

"엄마, 이걸로 차 바꿔요."

"뭐야, 엄마한테 돈 주는 거야? 어디 우리 아들이 얼마를 줬나 볼까?"

봉투 속을 본 엄마는 깜짝 놀랐다. 500만 원이 들어 있었기 때문이
다. 엄마는 아들이 준 500만 원이 5천만 원 이상의 가치로 느껴졌다. 엄
마 때문에 장애를 갖게 되어 평생 뇌성마비라는 멍에를 씌워 주었는데
너무나 씩씩하게 자라서 너무나 당당히 자신의 길을 가고 있는 아들이
자랑스러웠다.

희망 전도사

...

　기업이나 공공기관에서 장애인 인식 개선을 위한 강의 요청이 오면 그는 피아노를 준비해 달라고 부탁한다. 언어장애 때문에 강의를 열심히 해도 전달력이 떨어져서 관객들은 그의 말에 집중을 하지 않는다.

　하지만 그가 비틀거리며 피아노 앞으로 가서 연주를 시작하면 자연스럽게 귀를 기울인다. 연주를 하고 난 후에 강의를 이어 가면 그때 비로소 그의 말에 귀를 기울인다.

　피아노는 그에게 가장 강력한 소통의 수단인 것이다. 그는 쇼팽의 야상곡 20번을 좋아한다. 자신의 마음을 가장 잘 표현해 주는 것 같아서이다. 그래서 첫곡은 사람들의 귀에 익숙한 야상곡을 연주한다.

　"이 곡은 단조여서… 여러분들의 가슴이 촉촉해지셨을 텐데요. 지금부터 연주해 드릴 곡은 쇼팽이 아닌 저 김경민 작곡입니다. 이 곡으로 촉촉해진 여러분들의 가슴에 사랑을 심어 드리고 싶습니다."

　연주가 끝나면 관객들은 형식적인 박수가 아니라 진심 어린 박수갈채를 보낸다.

2016년 5월 정보보안업체 안랩 초청으로 '나눔은 실천이다'라는 주제의 특강을 하였다. 경민이 장애를 딛고 피아니스트가 되기까지의 과정을 소개하였다.

"사람들은 내가 아무것도 할 수 없을 것이라고 말했습니다. 인사를 하면 됐다고 손사래를 쳤죠. 사람들은 내가 인사조차 하기 힘들다고 생각하고 인사를 하지 말라고 특혜를 줬던 겁니다.

그럴수록 나는 열심히 인사를 했습니다. 나를 인사하기 힘든 사람으로 보는 것은 잘못된 편견이라는 것을 알려 주고 싶었죠. 하지 말라고 해도 열심히 인사를 하자 사람들은 인사성이 바르다고 칭찬을 하기 시작하였습니다.

어려운 사람들을 위해 기부를 하는 것을 어려운 일, 특별한 일이라고 생각합니다. 기부는 내가 갖고 있는 것을 조금 나누는 거예요. 그것이 돈이든 재능이든 시간이든…… 해 보지 않았기 때문에 힘든 일, 아무나 할 수 없는 일이 되었지요. 나눔은 시작이 중요합니다. 실천해야 합니다. 나눔의 경험은 해 보지 않으면 이해하지 못하는 아름다운 행복입니다."

특강을 들은 안랩 관계자는 '어려움을 이겨 내려는 노력과 의미 있는 나눔을 꾸준히 실천하는 모습에 크게 감동했다.'며 '내가 할 수 있는 의미 있는 나눔을 실천하고 싶어졌다.'는 소감을 전하기도 하였다.

언어장애가 있는 경민이지만 한마디 한마디가 청중에게 큰 울림을 주어 강의 요청이 제법 들어온다. 2016년 5월에 대한민국강사협회 회원으로 가입하여 본격적인 활동을 하고 있다.

피아니스트와 친구하기

...

경민은 대학에서 음악을 전공하지 않기 때문에 음악 전공 친구가 없었다. 피아니스트 친구가 있으면 대화도 잘 통하고 배울 점도 많을 것 같아서 피아니스트 친구가 있었으면 하는 생각을 늘 갖고 있었다.

경민은 젊은 작곡가 겸 피아니스트인 김윤 씨를 좋아했다. 서정적 멜로디와 감성적 터치로 곡을 표현하여 경민과 공감되는 부분이 많았다. 그래서 김윤이 작곡한 피아노 연주곡 〈리멤버〉를 열심히 연습하여 공연장에서 발표할 기회가 없던 경민은 그것을 동영상 사이트에 올렸다.

그러자 그것을 본 김윤 씨 소속사에서 전화가 왔다. 김윤 씨가 경민을 만나고 싶어한다는 것이었다. 김윤 씨가 그의 집으로 경민을 만나러 왔다. 경민은 자기가 좋아하는 피아니스트를 만났다는 기쁨에 어린아이처럼 반가워했다. 김윤 씨도 그런 경민이 좋았다. 두 사람은 친구가 되었다. 김윤 씨는 경민에게 피아노 악보 전질을 선물하여 경민이 악보를 구하느라고 애쓰는 수고를 덜어 주었다.

공연을 마치고 나서 고마운 분들과 함께

2006년 피아니스트 문선영 귀국 독주회에 경민이 꽃바구니를 들고 찾아갔다. 피아니스트 문선영 씨는 사이버 공간에서 만난 친구이다. 문선영 씨는 꽃바구니를 들고 걸어들어오는 경민을 오래된 친구처럼 다정히 맞이하였다. 서로 손을 잡고 '보고 싶었다.'며 인사를 나눴다. 사람들은 두 사람이 친구라는 것이 이상한지 어떻게 알게 되었는지 경민에게 어떤 도움을 주었는지 등을 묻기 시작했다.

인터넷을 자주 하면서도 문선영 씨는 경민에게 답글을 남긴 적이 별로 없었는데 경민의 피아노 연주 동영상을 보고 감동하여 경민의 미니 홈피에 방명록을 남기면서 둘은 친구가 됐다. 경민이 문선영 씨를 직접 만난 것은 그날이 처음이었지만 두 사람은 서로에게 익숙하였다. 경민은 온라인을 통해 사람을 만날 때 자신의 장애에 대해 자세히 설명해 준다. 그래야 친구가 될 수 있다고 생각하기 때문이다.

피아니스트가 평가하는 경민의 연주 실력은 최고이다. 어떤 사람들은 눈으로 연주를 하고 어떤 사람들은 목소리로 연주를 하지만, 경민은 가슴으로 연주를 하기 때문에 감동이 크다고 설명해 주었다. 문선영 씨는 이렇게 말했다. "제가 오히려 배운 게 많아서 너무 감사하죠."

이렇게 경민과 친구가 된 김윤과 문선영 피아니스트는 김경민 첫 번째 독주회에 기꺼이 찬조 출연하여 우정을 과시하였다. 경민이 그렇게 소망하던 피아니스트와 친구하기 소망이 이루어진 것이다.

진정한 봉사 활동

...

예술의 전당 근처에 은파악기라는 현악기 판매점이 있다. 경민은 예술의 전당을 지나게 되면 은파악기를 반드시 들른다. 악기 때문이 아니라 그곳 박상완 사장님 얼굴을 보면 마음이 편해지기 때문이다. 박 사장은 항상 밝은 미소로 경민을 맞이해 준다.

박 사장은 사업가인데 사업보다는 선교 활동에 더 열심이다. 동남아 개발도상국 어린이들을 위해 악기를 보급하고 방학을 이용해서 음악 캠프를 열어 준다.

경민은 박 사장이 주최한 2011년 괌에서 열린 음악회에 초청을 받아 연주하러 갔다가 박 사장님을 처음 뵈었는데 진정성 있는 봉사 활동에 많은 감동을 받았다. 그 음악회는 주민을 위한 무료 공연이었는데 관람자 한 명 한 명을 귀빈으로 모시는 모습이 인상적이었다. 그 모습에 반해 경민은 박 사장이 하는 음악캠프에 따라가서 연주가 없는 날은 그도 봉사 활동에 참여하였다.

해외 공연 중 기념사진

지난해 브라질에서 열린 리우장애인올림픽 야외무대에서 뷰티플마인드가 주관하는 공연에 이상재 박사와 경민이 참가하였다. 이상재 박사와 경민은 같은 음악인이고 장애인이어서 서로 격의 없이 지내고 있다. 해외 공연에 함께 참가하는 경우가 많은데 경민은 혼자서 일상생활이 가능하지만 이상재 박사는 시각장애인이라서 자원봉사자의 도움이 필요하다.

　단원들이 도와주긴 하지만 장애에 대해 잘 모르고 있어서 불편하기도 하고 경민이 동생 같아서 이상재 박사는 경민을 자주 부른다. 리우 공연을 마치고 스케줄 없이 숙소에서 쉬고 있을 때였다.

　"경민아, 브라질에서 가장 유명한 것이 뭔 줄 아니?"

　"글쎄요."

　"치즈야, 치즈."

　"아 네~"

　"너 치즈 어디서 파는지 아니?"

　"가게에서 팔겠죠."

　"내가 치즈가게가 어디 있는지 알아 놨어."

　이상재 박사는 미국 피바디음대에서 박사학위를 받은 분이라서 영어가 유창하여 해외에 나가면 정보원이 되곤한다. 이상재 박사는 포도주 안주로 치즈가 최고라며 치즈를 사러 나가자고 하였다.

　경민도 호텔방에 가만히 있는 것보다는 브라질 거리 구경을 하고 싶어서 그 제안을 받아들였다. 그래서 둘은 숙소를 벗어났다. 한 사람은 시각장애인, 또 한 사람은 뇌성마비 장애인 그들이 치즈를 구하기까지의 과정은 눈물이 날 정도로 재미있으면서도 슬프다. 2km 정도 가면 있다고 하는 치즈가게가 걸어도 걸어도 보이질 않았다. 땀으로 온몸이 젖어 초라하기 짝이 없는 모습이 되었을 무렵 치즈가게에 도착하였다.

그런데 그들은 뜻밖에 언어의 장벽에 부딪혀야 했다.

브라질에서는 치즈를 고객이 원하는 무게만큼 잘라서 파는데 영어가 전혀 통하지 않았다. 그들은 포루투갈어만 사용하였다.

"치즈를 1kg씩 잘라서 2개 주세요."

아주 간단한 주문인데 전혀 말을 알아듣지 못해 바디랭귀지를 해야 했다. 경민이 하니 뇌성마비 장애를 모르는 그들이 이해할 리가 만무했다. 할 수 없이 이상재 박사가 해야 했다. 그런데 이 박사는 시각장애여서 제스처를 해 본 적이 없었다. 하지만 치즈를 사야 한다는 일념에 이상재 박사가 평생 처음 바디랭귀지를 했는데 그 모습 또한 희한하기 짝이 없었다.

주위에 사람들이 몰려들어 구경을 하고 있었다. 이 박사는 아랑곳하지 않았고 경민은 그저 웃을 뿐이었다. 결국 그들은 목적을 달성하여 저녁 때 치즈 안주로 와인 파티를 근사하게 할 수 있었지만 낯선 땅에서 겪은 가슴 아픈 에피소드이다.

고향을 찾아서

...

경민은 공연 때문에 전국 곳곳을 다니지만 대전에 갈 때는 설레인다. 대전은 그가 태어나서 성장한 고향이기 때문이다. 아버지는 4남매의 맏이셨다. 그런데 둘째와 넷째 작은아버지는 일찍 돌아가시고 셋째인 고모 한 분만 계신다.

지금도 할머니와 고모네 가족들은 그곳에 살고 있어서 오히려 서울보다 대전에 친척들이 더 많다.

경민은 11살 때부터 3년 동안 할머니와 살았다. 부모님은 가게를 위해 안산으로 먼저 올라가셨다. 안산에 특수학교가 있긴 한데 중학교여서 초등학교 교육을 위해 대전에 남게 된 것이다.

경민은 할머니와 살면서 사촌동생들과 친하게 지냈다. 그래서 형이 안산에 가고 없어도 심심하지 않았다. 할머니도 엄마 아빠와 떨어진 어린 경민이 안쓰러워서 아주 잘해 주셨다. 할머니들이 흔히 하시는 장애인 손자에 대한 한탄 같은 것을 단 한 번도 한 적이 없다.

뒤뚱거리며 걷는 손자가 안타까워서 할머니가 많이 업어 주셨다. 그래서 경민은 대전에 계신 할머니 생각을 하면 그리움이 가득하다.

그래서 올해 대전 공연에 신경을 많이 썼다. 관객의 대부분이 고향 아는 분들이기 때문이다. 경민이 공연을 한다는 소식을 듣고 어린 시절 이웃에 살던 어르신들도 찾아와 축하해 주신다.

"경민아, 네 이렇게 컸나?"

"너 되게 유명해졌더라. 축하해."

잊지 않고 찾아와 주시는 분들이 너무 고마워서 경민은 한 분 한 분께 머리 숙여 감사의 인사를 했다.

그런데 오래전 밀알복지재단에서 개최한 대전 음악회에 갔을 때 초등학교 동창을 만났다. 성세학교에서 함께 공부를 했던 여자 동창인데 그녀는 아직도 성세재활원에서 살고 있었다. 초등학교 때도 그 친구는 성세재활원에서 통학을 하였다. 처음에는 집이 멀어서 재활원에서 사는 줄 알았는데 나중에 알고 보니 재활원에 있는 친구들은 부모가 버렸기 때문에 그곳이 집이 된 것이었다.

고등학교를 졸업하면 재활원에서 나가 자기 삶을 살 것이라고 생각했었는데 졸업 후에도 그곳에서 살고 있는 동창을 보자 마음이 울컥하였다.

"바…반 가…워."

"그래, 나두. 잘 지냈어?"

"그…럼. 나야 하…항상 잘 있지."

그녀는 자기는 항상 잘 지낸다고 했다. 그녀가 경민을 위로해 주었다.

경민은 이 땅의 장애인들이 진실로 항상 잘 지내는 그날을 위해 더욱 열심히 무대에 서서 피아니스트로 당당한 모습을 보여 주겠다고 다짐하였다.

| 주요 경력 |

뷰티플마인드(자선활동) 50개국 이상 순회 연주
기독교연합신학연구원 졸업(4년)
2006년 ucc 페스티벌 우수상(판도라TV)
2007년 시민행복상(안산시장 박주원)
2016년 제11회 한국장애인문화예술대상 음악상 외.

| 학력 |

2002년 02월 대구미래대학 사회복지과 졸업
2006년 12월 한국기독교연합 신학연구원 졸업.

| 국내 연주 |

2007년 03월 뇌성마비 피아니스트 김경민 콘서트
　　　　　　〈흰 건반 위 자유, 검은 건반 위 희망〉(용인시 문예회관 대공연장)
2007년 05월 대구시립합창단 제97회 정기연주회 특별출연
　　　　　　〈사랑, 그리고 행복 콘서트〉(대구문화예술회관)
2008년 04월 제2회 장애인 문화초대석 〈뇌성마비피아니스트 김경민 독주회〉
　　　　　　(정화원 前 국회의원 초청, 국회의원회관)
2008년 12월 제7회 뇌성마비 시인들의 시낭송회 축하연주(한국뇌성마비복지회 주최)
2009년 12월 악보다바 2nd. Fall in love with piano 〈두드림〉(영산영재홀)
2010년 05월 청와대 자선연주회 작은 나눔, 더 큰 행복
　　　　　　〈Beautiful Harmony Concert〉(청와대 주최/청와대 영빈관)
2010년 11월 장애인과 비장애인이 함께하는 〈이구동성 콘서트〉 참여(용인시청 문화예술홀)
2011년 09월 외교부 한낮의 문화산책 〈서울맹학교와 함께하는 Beautiful Music,
　　　　　　Beautiful Mind〉(외교통상부 주최/외교부 강당)
2011년 09~12월 복권기금 문화나눔 〈희망과 열정의 2중주 음악회 시즌 1〉
　　　　　　(문화체육관광부 및 한국문화예술위원회 주최, 건국대병원)
2012년 05월 장애인문화제 〈장애인, 문화를 보이다〉
　　　　　　(사/경기도장애인복지회 주최, 수원 제20야외음악당)
2012년 09~12월 복권기금 문화나눔 〈희망과 열정의 2중주 음악회 시즌 2〉
　　　　　　(문화체육관광부 및 한국문화예술위원회 주최, 건국대병원) 외.